KB180873

한국 희곡 명작선 02

오늘 나는 개를 낳았다

한국 희곡 명작선 02

오늘 나는 개를 낳았다

홍창수

평민사

홍창수

오늘 나는 개를 낳았다

2010년 동아연극상 대상 참가작
2011 문화예술위원회 문학창작 지원금
극단 창 THEATRE WINDOWS 창단공연

등장인물

패션 디자이너, 상민에 의해 '빌라녀' 라 불리기도 한다.

변상민   2류 소설가 겸 대리운전사

미스 티   소설 속 인물, 법무장관의 정부, 원장의 젊은 간호
            사 역도 맡는다.

원장   소설 속 인물, 산부인과 원장이자 산부인과 협회장

간호사   소설 속 인물, 산부인과 수간호사이자 도그험 세
            계의 지도자

여러 명의 도그험   doghum, 소설과 현실에 등장하는 인물,
            개와 인간의 합성체로 dog-human, 즉 개인간을
            뜻한다. 박의사 역도 맡는다.

무대

크게 왼편과 오른편으로 구분된다. 오른편은 소설가 상민의 공
간인 옥탑방이고, 왼편은 인화의 주거 공간이다. 인화의 주거
공간은 극중의 소설 속 공간인 병실로도 활용된다. 오른편에는
의상 만들 때 이용되는, 목 없는 마네킹이 서 있다. 고급스런
빨간 원피스가 입혀져 있다. 상민의 공간에는 책상과 의자가
있는데, 책상에는 노트북이 있다. 오른편 무대에도 인화가 앉
는 긴 의자가 있다. 무대 양편과 중앙 뒤편에 등퇴장로가 있다.

1장

소설 속 공상 세계

아기의 자지러지는 울음 소리.
비상 사이렌 소리.
무전기 소리.

멘트   도그험이 2번지대로 도망쳤다.
발견 즉시 사살하라.
도그험이 2번지대로 도망쳤다.
발견 즉시 사살하라.

도그험1, 좌우를 경계하며 뛰어 들어와 반대편으로 퇴장한다.
도그험은 개의 얼굴을 한 인간.
도그험2, 아기를 안고 뛰어 들어와 반대편으로 퇴장한다.
한 방의 총성.
아기를 안고 있는 도그험2,
총에 맞아 무릎 꿇고, 안고 있는 아기를
등장하는 도그험1에게 힘겹게 넘겨주려 한다.
연속해서 들려오는 총성.
도그험2, 다시 총에 맞고 쓰러진다.

마지막 안간힘을 다해 도그험1에게 아기를 던져주고
계속되는 총성에 천천히 쓰러진다.
도그험1, 아기를 안고 뛰어간다.

서서히 암전.

2장

상민, 망원경으로 객석을 둘러보다가 한 곳을 주시한다.
인화, 뒤편에서 등장하여 마네킹에 빨간색 원피스를 입힌다.
그녀는 시침핀으로 곳곳을 찔러 꽂아 보기도 하고 시침핀을
빼어 다른 모양을 만들어 찌르기도 하면서 두어 걸음 물러나
살피고 있다.

상민　(망원경을 내리며) 온몸에 전기가 통합니다. 나는 이야기
　　　속의 인물을 창조하고 맞은편 빌라에 사는 저 빌라녀는
　　　인물에 입힐 옷을 창조합니다. 열대야가 기승을 부리는
　　　후텁지근한 무더위에도 몸이 오싹한 것이 닭살이 돋습
　　　니다.
　　　(시계 보며) 밤 1시 47분. 그녀의 건강이 걱정되네요. 어
　　　쨌든 어제는 느낌이 좋아 공상과학소설 〈개를 낳은 여
　　　인〉을 죽 써나갔습니다. 개와 인간의 합성체 도그험.
　　　도그 휴먼의 준말입니다. 출판사 사장인 조 선배한테는
　　　이 아이디어를 알려줬죠. 조 선배는 내 형편을 알고 인
　　　물 전기나 수필집 같은 일감을 주곤 했는데, 오랜만에
　　　입맛이 당긴다, 는 표현을 썼습니다.
　　　이 작품을 쓴 동기는 이렇습니다. 어느 날 이 망원경으
　　　로 빌라녀의 거실을 보다가, 두 눈을 의심하는 일을 목

격했습니다. (상민의 대사에 맞게 빌라녀가 연기한다) 거실에서 작업 중인 빌라녀가 소파 아래 있는 큰 개한테로 다가가더니 쓰다듬기 시작하더군요. 헌데 황금빛 털을 가진 그놈은 누운 자세가 다른 개들과는 사뭇 달랐습니다. 사람과 같습니다. 사람이 큰개의 가죽을 뒤집어쓰고 누워 있는 듯합니다. 사람이 천장을 보고 바로 누운 것처럼 거시기를 드러내놓고 네 다리를 쫙 벌린 채 말입니다. 저놈은 더 이상 개가 아닙니다. 드디어 빌라녀가 큰개의 머리, 가슴과 다리를 만지기 시작합니다. 오 마이 갓! 엷은 커튼으로 두 물체가 더욱 밀착하는 모습이 포착됩니다. 뭔가 천둥번개 같은 것이 내 머리를 아주 세게 내리칩니다. 뭘까? 뭔가 있어. 있을 거야. 확실히!

상민, 책상에 앉아 골몰하고 동시에
인화, 원피스에 시침핀을 꽂으며 작업하는데 가상의 개가 접근하여 작업을 중단한다.

인화　써니야 잠깐만. 엄마 패션쇼 준비해야 해. 알았다니까. (사이, 객석을 보고) 내 아들입니다. 사람과 사람의 만남에만 인연이 있는 건 아니죠. 써니가 내 아들일 수밖에 없는 까닭은 내가 녀석의 엄마이기 때문이죠. 한바탕 소나기가 쏟아지던 어느 날 오후, 집으로 돌아오는 길에 한옥집 대문 밑에서 온몸이 젖은 채로 비를 피하고 있는 강아지를 봤어요. 녀석은 몹시 지친 표정으로 몸을 떨면서 나를 빤히 쳐다봤어요. 녀석이 매우 안쓰럽다는 생각이 들었어요. 그 날은 저한테도 좀 힘든 날이었거든요. 그런데 녀석은 웬일인지 계속 따라오더군요. 마트에 들렀다 나왔을 때도 녀석은 나를 기다리고 있었어요. "어머, 얘 좀 봐. 집을 잃어버렸나?" 눈 꼬리를 내린 눈빛이 너무 애처로웠죠. 데려가고 싶은 마음이 잠시 생겼지만 개를 키운 경험이 없어서요. 여러 번 발을 구르고 "가!" 손을 내저었지만 몇 걸음 뒤로 물러서는가 싶더니 나를 계속 따라오더군요. 집 대문 입구에 빵 한 조각을 던져주고 저는 얼른 집으로 들어갔죠. 잠 들 무렵 밖에서 낑낑거리는 소리에 나가보니 녀석은 바닥에 앉아 대문 밑 틈에 코를 들이박고 떨고 있더군요. 지금 생각하면 녀석 앞을 지나가는 행인들 중에 하필이면 나를 따라왔는지 아직도 모르겠어요. 오늘이 바로 써니의 생일이죠. 녀석과 처음 만났던 날입니다. (가상의 개가 밀어붙여 뒤로 밀려 쓰러지며) 그래, 써니. 오늘이 네 생일이라고 말하고 있었어. 알았다니까. 밥 줄게. 오늘은 특별 메뉴야, 기대 되지?

인화, 뒤로 퇴장.
상민, 책상에서 책을 읽다가 일어선다.

상민 몸이 아파 오늘은 일을 못나갔습니다. 하루 쉬어서 수입이 없는 점이 흠이지만 좋은 점도 있습니다. 이렇게 빌라녀를 오랫동안 바라볼 수 있죠. 근무 끝나고 새벽에 집에 돌아오면 자연스레 시선이 빌라녀의 창으로 갑니다. 대부분 불이 꺼져 방안이 어둡습니다만, 요즘은 작업이 많은지 늦게까지 불이 환히 켜져 있습니다. 제 소설 작업은 꽤 진척 됐습니다.

암전 없는 상태에서
원장, 미스 티, 중앙으로 등장.

3장

소설 속 공상 세계

티　패션쇼 준비로 바쁘다고요. 왜 퇴원이 안 된다는 거죠?

원장　당신이 낙태한 태아는 인간이 아니라 개와 인간 사이에서 태어난 도그험입니다. 제가 막는 게 아니라 이 나라의 법이 금하는 겁니다.

티　당장 나가겠어요. 아시겠어요, 원장 선생님?

원장　(옆으로 서서 가게 해준다)

미스 티, 나가려는데
간호사, 조그만 관을 들고 중앙으로 등장한다.
원장, 고개를 끄덕이자, 간호사, 관의 뚜껑을 열어 티에게 보인다.
미스 티, 두려우나 마음을 굳게 먹고 본다.
공포에 질린 얼굴, 소리 없는 비명.

티　(반발하듯 날카롭게) 저는 절대 아닙니다.

원장　이 간호사가 옆에서 수술을 도왔습니다.

티　(간호사를 보자 간호사, 고개 끄덕인다) 저는 개와 잠을 잔 적이 없어요.

원장	저는 의사로서 도그험의 낙태 사실을 경찰에 신고해야 합니다. 아시다시피 도그험은 이 사회의 존립을 근본부터 뒤흔드는 잡종입니다.
티	닥터 한이 이곳에 오면 모든 걸 비밀로 해준다고 했어요.
원장	당연히 인간 태아인줄 알았습니다.
티	저는 절대 아닙니다만, 만약 그렇다면 이제 어떻게 해야 하죠?
원장	약속한 대로 비밀을 지킵니다. 단, 저를 조금만 도와주면 되죠.
티	도와주다뇨? 제가 원장님을요?
원장	저보다 미스 티를 위해섭니다.
티	진짜 뭔가가 있군요. 냄새가 나요.
원장	우선 미스 티가 도그험의 낙태 사실을 인정하는 게 필요합니다.
티	(강력하게) 아니라고 했잖아요.
원장	당신의 정부, 정해용 법무장관이 이 사실을 알게 된다면.

미스 티, 원장의 뺨을 때리려 하자 원장이 미스 티의 팔을 잡는다.

원장	내 허락 없인 이곳에서 한 발자국도 못 나가.
티	장관님이 아시면 당신은 끝장이야.

원장 (여유 있는 웃음) 자, 빨리 끝냅시다. 왜 미스 티는 개를 특별히 좋아합니까? (미스 티, 대답이 없자 티에게 바짝 다가가 티의 눈을 뚫어지게 바라본다) 왜 개를 특별히 좋아하냐구?

티 (물러나 고개를 돌리며) 그야 저는 독신녀니까요.

원장 좀 더 구체적으로 좀 더!

티 남자와 살기도 싫고, 또 혼자 살기도 싫으니까요.

원장 (다소 부드럽게) 누구와 함께 도그험피아에 가본 적 있습니까?

티 영상으로만 봤어요.

원장 어떻든가요?

티 생각조차 싫어요. 그런 잡종들이 우리와 같은 세계에 산다는 게 상상이 안 가요.

원장 셰퍼드와 섹스하면서 도그험 출산을 예상 못 했나요?

티 안 했어요. 안 했어. (원장의 매서운 눈길과 마주치자) 하지만, 뭔가 잘못됐나 봐요.

원장 인간과의 섹스와 셰퍼드와는 어떻게 느낌이 달랐나요?

티 ······

원장 오르가즘은 오래 느꼈나요?

티 (사이) 답을 안 하면 '예'로 받아들이세요.

원장 이 두 귀로 똑똑히 들어야 합니다. 개의 발기가 인간보다 오래 지속됐다는 겁니까?

티 내 기분에 따라 달라져요.

원장 흥분했을 때 체액은 많이 흘렀나요? 그러니까.

티	이건 질문이 아니라 모욕적인 고문입니다. 더 이상 거짓말 못하겠어요. 경찰에 신고하세요, 당장.
원장	경찰에 신고하면 법무장관이 알아서 풀어준다! 글쎄요.
티	돈인가요?
원장	난 부족한 게 없소.
티	부족한 게 있으니까 날 이곳까지 유인했죠. 닥터 한 개자식!
원장	아무리 세상이 말세라지만 동물들이랑 섹스하는 인간들 용서 못합니다. 특히 암컷 개한테서 도그험 새끼들이 나오는 걸 보면 다 죽여 버리고 싶소.
간호사	우리 원장님께서는 도그험 종족들을 아주 혐오하십니다.
원장	동물은 동물이고 인간은 인간이오. 인간이 동물이 되어서도 안 되고 동물 역시 인간이 되어서도 안 됩니다. 대가리는 개 대가린데 몸뚱이는 사람 몸뚱이, 대가리는 인간인데 몸뚱이는 네 발 짐승, 대가리는 인간과 개의 합성인데 몸뚱이는 개도 인간도 아닌 흉측한 잡종들. 지금 이 사회의 극심한 혼란은 바로 그 분명한 경계가 없다는 겁니다.
티	그냥 나한테서 개와의 섹스 문제를 꺼내자는 게 아니죠? 이렇게 나를 붙잡고 있는 궁극적인 이유요?
원장	단도직입적으로 말하죠. 동물과 섹스하는 인간들을 혐오하지만 먹고 살기 위해 그들이 필요합니다.
티	직업상 도그험 태아를 낙태시켜야 먹고 산다? 동물과

인간의 임신 자체는 불법이니 산모와 뒷거래를 할 수 있구요.

원장 부정할 수 없는 현실이오.

티 아하! 나를 미끼로 삼아 법무장관님과 협상하겠다는 거군요.

원장 개인적으로 동물과 인간의 출산 금지법은 지지하지만, 인간과 동물의 섹스 행위 자체를 죄악시해서 인간을 감방에 처넣고 임신한 동물을 안락사시키는, 극단적인 주장은 도저히 용납할 수 없소. 동물과 인간의 섹스 금지법은 반대요.

간호사 우리 산부인과 협회의 공식 견해입니다.

티 이번 국회에 상정하려는 법안을 반대하는군요. 나를 이렇게 인질로 잡아놓고 이 나라의 모든 산부인과를 구제하시겠다! 도그험이란 존재를 근본적으로 부정한다. 헌데 입에 풀칠하기 위해 도그험은 여성 인간이나 암컷 개의 배속에서 계속 나와야 한다. 그러기 위해 인간들은 동물들과 계속 섹스 해야 하고, 그래야 산부인과 의사들이 먹고 산다.

간호사 그럼 지하세계는 어떻게 하죠? 점점 인간의 영역을 침범하고 약탈하고 파괴하는 저 도그험 잡종들은요?

원장 싹쓸이해야죠. 싹.

티 그러려면 도그험을 낳는 인간들이 먼저 사라져야 하지 않나요?

원장 인간이 없으면 세상은 없는 거요. 자연도 문명도. 또한 개도 없앨 필요 없지. 개와의 섹스를 막으면 인간 변태들은 인간을 상대로 자신의 욕망을 채우기 위해 폭력을 휘두를 테니깐.

티 　인간 변태들을 위해 개가 필요하군요. 죽였다 살렸다, 원장님은 아주 편리한 사상을 가졌어요. 헌데 난, 당신 같은 인간도 사라졌으면 좋겠어.

미스 티, 원장, 서로 뚫어지게 바라보다 함께 퇴장.

4장

앉아 있는 상민, 망원경을 들고 앞으로 나와 관찰한다.

인화, 왼쪽에서 등장, 침대에 눕는다. 옆에 누운 가상의 개를 쓰다듬고 포옹한다.

상민, 망원경을 급히 내리고 긴장한다. 다소 흥분한 듯 걸으며 대사한다. 의자에 앉아 눈 감고 심호흡을 하지만 마음이 다스려지지 않는다. 다시 일어선다.

상민　마구 튕겨나갑니다. 제 알량한 지식이 온갖 공상과 뒤섞여 단단한 두개골을 뚫고요. 아프리카 야생 기린은 스물네 시간 서 있죠. 맹수가 언제 공격해올지 모르니깐 잠도 서서 잠깐씩 잡니다. 하지만 동물원 기린은 모두 편히 앉거나 누워 잡니다. 그 기다란 목도 한쪽으로 눕힙니다. 죽음의 위협이 없다는 것을 적응하면서 깨닫게 된 거죠. 바다 양어장엔 철새들이 난립니다. 겨울이 돼도 따뜻한 곳으로 이동하지 않고 양어장 고기 먹으며 텃새로 바뀐 채 삽니다. 저놈의 큰개 역시 이미 개가 아닙니다. 인간과 함께 살면서 인간의 문화를 받아들이며 인간처럼 자면서 살아갑니다. 아, 저 개새끼도 개새끼지만 갑자기 빌라녀가 불쌍하단 생각이 듭니다.

상민, 오른 편으로 퇴장.
휴대폰 소리가 울리자 인화, 휴대폰을 받는다.

인화   왜 했어? (사이) 그냥? 여자가 없어 옆구리 허전하지? (사이) 식사는 했어? (사이) 잘 알지. 우리 김병찬 씨. 눈에 보이지 않는 바람을 미치도록 그리고 싶어하지. (웃음) 장 선생님 패션쇼 준비해. (사이) 장 선생님 인간성 시비 걸지 말고 김병찬 씨, 바람기나 고치세요. (웃음) 모레 점심? 안 돼. 수나 알지? 낮에 잠깐 보재. 무허간가 뭔가를 만들었는데 함께 하재. 관심 없다고 했어. (사이) 예술은 하고 싶어서 해야 예술이야. 여러 사람하고 함께 하는 거 딱 질색이야. (사이) 건강 생각해서 술 좀 작작 마셔.

인화, 휴대폰을 끊고 의자에 앉는다.

인화   써니야. (다가오는 가상의 써니를 안으며) 우리 써니. (침묵) 이 엄마, 너를 얻은 날, 아기를 잃었어. 아기가 있으면 남편은 자유로울 수도 없고 바람도 될 수 없어. 임신 사실을 알고도 반응이 없었고 지운 사실을 알고도 단 한마디도 하지 않았어. 그 사람은 아기의 아버지도 될 수 없고 한 여자의 남편으로는 살 수 없는 사람이야. 그래서 나는 그 사람을 바람으로 살 수 있도록 놓아주었어. (웃으며) 엄만 돌싱으로 살 거야, 우리 써니랑 함께. 너,

돌싱이 무슨 뜻인지 알아? 돌아온 싱글.

인화, 웃으며 가상의 써니를 껴안는다.
상민, 꽃바구니를 들고 등장.

상민 이번이 두 번째 방문입니다. 지난번엔 분명히 인화 씨가 집에 있는 것을 알고 방문했는데도 문을 열어주지 않았습니다. 이번에는 택배 직원으로 가장합니다. (상민의 인기척을 듣고 써니, 짖기 시작한다) 택배입니다.

인화 (가상의 개를 보고) 방에 들어가 있어. (밖을 향해 나간다)

상민 성인화 씨 댁 맞죠?

인화 (문 쪽으로 퇴장하며) 예. 그런데요?

상민 꽃 배달 왔습니다.

인화 누가요?

상민 발송자 이름은 모르겠고요. 카드가 함께 왔는데 보면 아실 겁니다.

인화 경비실에 맡겨두세요.

상민 꽃이라 직접 사인을 받아야 합니다. (선물 건네주면서) 여기 있습니다.

인화 ……

상민 아참, 펜이 없네요.

인화 ……

인화, 무대 뒤편으로 가고 상민, 뒤따라 들어와 퇴장로 입구에서 내부를 둘러본다. 잠시 후 인화, 등장.

상민　　저 개 멋있네요.

인화　　(말을 무시하며) 어디다 하죠?

상민　　여깁니다.

인화, 사인할 때 상민, 인화의 얼굴을 바라본다.
인화, 상민의 얼굴과 마주치지 않고 사인을 끝낸다.

상민　　안녕히 계세요.

상민, 퇴장하고 인화, 장미꽃 다발과 카드를 들고 의자에 앉
는다. 카드를 읽더니 장미꽃 다발을 보고는 다소 어이없는 표
정으로 들고 일어나 계단으로 퇴장.
상민, 뒤편 아치에서 등장.

상민　　대인기피증이 아닐까요? 내가 계속 쳐다보았는데도 인
화 씨는 눈길 한번 주지 않더군요. 그렇게 무표정한 여
자는 처음 봤습니다. 전화기나 텔레비전도 없는 거실은
마치 방금 이사한 집처럼 황량합니다. 내게 가장 충격
적인 것은 개와 함께 찍은 커다란 사진 액자였습니다.
거실 벽에는 대개 가족사진을 걸어놓는 법이죠. 헌데
개를 사람 크기로 확대시킨 대형사진은 도저히 잊을 수
가 없습니다.

제가 만들어 배달한 장미꽃 다발과 카드는 다음날 그녀가 버린 쓰레기 봉지에 구겨져 있었습니다. 그녀가 읽었을 카드에는 아주 간단히 적었죠. '당신의 곁을 지키고 싶습니다. 구원자 올림'

어떤 의무감이 발동했습니다. 잘 모르겠습니다. 내 안 깊숙한 곳에서 꿈틀거리는 게 무엇인지를요. 황금빛 큰개, 인화 씨, 장미꽃, 쓰레기통, 도그험, 원장, 섬, 파도치는 바다, 황량함, 사막, 선인장, 뭐 이런 것들이 뒤죽박죽, 뒤숭숭한 꿈같은 기분. 마치 허공에 떠서 걷다가 땅바닥을 걷다가 다시 떠서 걷는 기분. 일주일 동안 이런 기분으로 그녀를 계속 관찰했지만 그녀에게 이렇다 할 변화가 없습니다. 누구도 찾아오지 않고, 그녀 또한 외출하지 않습니다. 다만 해질녘에 큰개를 데리고 약 1시간동안 산책하더군요. 오늘은 제가 기필코 말을 걸어보겠습니다.

상민, 인화를 발견하고 한쪽에 숨는다.
인화, 가상의 개를 끌고 무대 뒤편에서 등장, 꽃향기를 맡는다.
상민, 슬며시 다가가자, 가상의 개 써니, 상민에게 으르렁거린다. 상민, 겁에 질린다.

인화   (개에게) 그러면 못 써.

써니의 으르렁거리는 소리가 상민을 물어버릴 듯 거세진다.

인화   (강하게 제재하듯) 써니야.

놀라 바닥에 넘어진 상민, 가상의 개를 피해 재빠르게 앞으로 이동한다.
인화, 여유 있게 써니와 나란히 한 쪽으로 이동한다.

상민   개자식! 인화 씨한테 쪽팔리는 모습을 보여주고 말았죠. 개자식이 있는 한 접근은 어렵습니다. 인화 씨는 망망대해 고립된 섬에 있습니다. 그 섬 주위를 식인 상어가 뱅뱅 돌고 있죠. '어떻게 해야 하지? 어떻게 해야 그녀를 저 고도와 같은 곳에서 꺼내지?' 인화 씨에겐 변화가 필요해. 질적인 변화! 근본적인 변화!

인화   써니야! (일어나) 집에 가자. 엄마 좀 외출해야겠다.

상민   며칠을 더 지켜봤어요. 그녀는 혼자서 외출할 때면 큰 개를 방안에 가둬놓더군요.

상민, 오른편 맨 앞으로 퇴장.
인화, 급히 뒤로 퇴장.

잠시 후 누군가 인화의 공간에 켜진 플래시를 들고 살핀다.
큰개가 문을 앞발로 긁어대며 짖어대는 소리가 계속 들리다가 중단된다.
잠시 후
인화, 화난 표정으로 등장하여 핸드백을 침대에 집어던진다.

24

인화　이건 나에 대한 모욕이야. 내가 패션쇼 준비위원 명단에서조차 빠지다니. 장 선생님을 위해 내가 해준 게 얼만데. 지난 7년 동안 말없이 도와줬어. 패션쇼 기획과 행사, 하다못해 선생님 책까지. 이태리 유학 갔다 온 미스터 황이란 작자가 행사 준비위원장을 맡았다. 뭐라구! 도지사의 조카라구? 이번 패션쇼 행사 자금을 도에서 지원 받기 위해 장 선생님이 일부러 젖비린내 나는 도지사 조카를 행사 위원장으로 앉혔다구? 도지사의 후원이 절실히 필요했다! "그렇다고 해도 내가 명단에서 빠져야 해?" 장 선생님은 계속 전화를 안 받고, 미스터 황은 짧게 답변했다. "선생님이 빼셨습니다." 장 선생님이? 왜? 이게 전부야! 명단에서 빼면 뺐다, 전화 한 통화도 못 해! 날 정말 바보 순둥이로 아는 거야! 인간적 예의도 없단 말이야! 이건 아니야, 절대!

인화, 마네킹에 입힌 의상을 찢듯이 걷어내어 내던진다.

상민　원장은 결국 미스 티를 이용하여 법무장관과의 협상에 성공했다. 이로써 동물과 인간의 섹스 금지법 상정은 철회되어 모든 산부인과의 염원이 이루어졌다.

암전 없는 상태에서
수간호사, 미스 티 등장한다.

5장

소설 속 공상세계

상민   (노트북의 타이프를 치면서 읽는다) 수, 간, 호, 사, 는, 미, 스, 티, 를, 기, 다, 렸, 다.

간호사   미스 티, 도와주고 싶어요.

티   간호사님 도움 정말 감사했어요.

간호사   꼭 해주고 싶은 말이 있어요, 미스 티가 떠나기 전에요.

티   말씀하세요.

간호사   알게 된 지 일주일밖에 안됐지만, 이상하게도 미스 티에게 이끌렸어요. 매력적이고 자기주장이 확실하죠.

티   고맙습니다.

간호사   근데 한 가지 이해 못할 면이 있더군요. (사이) 어쩌다 귀한 생명들을 계속 낙태시켜 왔을까?

티   그 얘긴 안 들은 걸로 하겠습니다.

간호사   솔직히 말씀 드리죠. 미스 티의 아기가 낙태되지 않고 살아 있어요.

티   지금 뭐라고 하셨죠?

간호사   미스 티의 아기를 낙태시키지 않았습니다.

티   누구 맘대로요? 고객인 내가 낙태를 원했어요. 아시겠어요?

간호사 (진정시키듯) 자, 미스 티. 지난번에 보여준 죽은 태아는 다른 것이었어요.

티 농담이 좀 위험하네요.

간호사 내가 그 아기를 직접 받았습니다.

티 이건 또 뭐야. 원장이 또 시켰나요?

간호사 원장님은 출산 사실을 모릅니다. 내가 결정했죠. 미스 티를 위해서.

티 당신이 왜죠? 인간 태아도 아니고 도그험 태아를!

간호사 (진정시키듯) 자, 미스 티.

티 원장 오라고 해요, 당장. 정말 이 자들이 나를 갖고 노는군. 당신은 간호사야, 알아? 내가 만만해 보여. 원장 놈이지? 그놈이 또 거짓말 하라고 시켰지? 이번엔 뭐야? 뭘 원해?

간호사 원장은 당신을 이용했고 앞으로도 놔주지 않을 겁니다. 믿기 어렵겠지만 당신을 도와주고 싶을 뿐이에요.

티 다 필요 없어. 도와준다는 말 같은 거, 더 이상 믿지 않아! 당신, 원장, 이 더러운 세상 모두! 이용하고 착취하고 등쳐먹고 사기치고!

간호사 그래서 도와주려는 거예요. 이 인간 세계에선 당신 같은 약자는 살기 힘들어요. 도그험도요.

티 난 도그험을 원치 않아요. 아시겠어요!

간호사 도그험도 인간의 창조물입니다. 인간과 똑같이 소중한 존재입니다.

티 이 나라의 법은 도그험의 출산을 금지해요. 저는 국법을 따랐을 뿐이에요.

간호사 생명의 가치는 법을 넘어서 있습니다.

티 살아 있다구. 이 책임은 모두 당신이 져야 해요. 알겠어요?

간호사 (사이) 아기는 도그험피아에 있어요.

티 (놀라서 간호사를 쳐다본다)

간호사 세상 소문처럼 거긴 악마의 소굴이 아닙니다. 당신 같은 인간들도 살고 있어요. 저도 거기서 자랐죠.

티 믿을 수 없어요.

간호사 도그험피아는 도그험들만이 사는 세상이 아닙니다. 인간과 도그험이 정의와 양심과 질서가 조화로운 새로운 세상에서 서로 어울려 삽니다.

티 그런 세상은 없어요.

간호사 지위고하를 막론하고 부정을 저지른 자는 법의 처벌을 받고 약자를 괴롭히는 자는 중벌을 받습니다. 돈으로 권력을 살 수 없고 권력으로 약자를 짓밟을 수 없는 세상입니다. 가보면 저절로 알게 돼요.

상민 (노트북 타이프 치며) 돈이 있으면 권력을 갖고 싶고 권력이 있으면 세상을 휘두르고 싶은 게 인간 아닌가요?

티 돈이 있으면 권력을 갖고 싶고 권력이 있으면 세상을 휘두르고 싶은 게 인간 아닌가요?

간호사 그래서 새로운 인간, 도그험이 필요한 겁니다.

티 과연 그럴까요? 저는 여기가 익숙하고 좋아요. 편해요.

간호사 조금 전에 이 더러운 세상 아무 것도 믿지 않는다고 했어요.

티 화가 나서 그런 것뿐이에요.

간호사 미스 티는 당신을 이용하는 법무장관보다 더 잔인한 사람이군요.

티 모르면 잠자코 있어요.

간호사 장관은 당신을 이용했지만 생명을 함부로 죽이지 않았어요.

티 생명을 죽이지 않았다구? 당신이 봤어? 그 자식은 개만도 못한 새끼야!

간호사 생명을 잉태했으면 책임을 져야죠.

티 나는 싫어. 개와의 섹스는 내가 원한 게 아냐. 그 새끼가 원한 거야. 보면서 즐긴 거라구. 하기 싫다고, 몇 번이나 애원했어.

간호사 미스 티!

미스 티, 간호사, 함께 퇴장한다.

6장

인화, 무대 왼편에서 물컵을 들고 등장, 죽 들이켜 물을 마신다.

인화 수면제 먹고 무조건 잠을 청했어요. '내가 바꿀 수 없는 일이라면 깨끗이 잊자' 다짐하고 다짐했죠. 이게 내 생활신조죠. (사이) 써니가 배고프겠네요. 써니야. (사방을 둘러보고 놀라며) 어, 써니가 어디 갔지? (한쪽 구석을 불길한 시선으로 본다) 써니가 소파와 벽의 모서리에 축 늘어져 자고 있어요. 얘 좀 봐. (다가가 앉아 가상의 개를 흔들며) 써니야, 써니야. 안 돼, 안 돼! 써니야!

인화, 써니를 흔들어보고 그의 눈꺼풀을 열어보고 껴안아보며 당황하여 안절부절 못한다.
상민, 맨 앞에서 등장하여 의자에 앉아 운전하는 마임을 한다.
시내의 교통 소음이 잠시 들린다.

상민 며칠을 찜질방에서 지냈습니다. 괜히 동네를 오가다 운이 없게 형사한테 탐문 당할지도 모른다는 생각이 들었죠. 그렇다고 해서 붙잡힐 거란 생각은 전혀 안했습니다. 주거 침입은 맞지만 개 한 마리 죽은 것 갖고 대한

민국 경찰이 시간과 정력을 쏟는다, 천만에요. 옛날 생
각이 나는군요. 아버지가 동네 느티나무에 우리 집 누
렁이를 매달고 몽둥이로 쳐서 죽이던 어린 시절요.

인화   (일어나서) 그게 이상하니깐 경찰에 신고한 거 아니에요.
하지만 이건 보통 개가 아니에요. 아시겠어요? 내 자식
이나 다름없는 개라고요. 내 자식이 죽었는데 취급을
안 하다니요. (사이) 단순한 식중독 아닙니다. 이상한 냄
새가 나요. 분명 누군가 독약을 탔어요. 우리 개가 죽었
다구요. (사이) 없어진 귀중품은 없는 것 같은데…, 내
아들이 죽었어요. (사이) 왜 웃죠? 사실을 사실대로…
(사이) 언제요? 언제 와주시겠어요? 구체적으로요? 지
금 개가 죽어 있다구요. 한 생명이 분명 엊저녁만 해도
살아 있었다구요.

인화, 괴로워하다가 누워 의자에 기대어 잠이 든다.

상민   (계속 운전하며) 인화 씨를 위로하는 편지를 썼다가 구겨
서 휴지통에 버렸습니다. 슬픔과 고통을 어떻게 얼마나
치유하고 있을까, 개를 치웠을 테니 집안이 갑자기 허
전하고 공허하게 느껴지겠지. 개의 죽음은 분명 인화
씨에게 새로운 생활의 시작을 알리는 계기가 될 것입니
다. 모든 게, 그녀가 하는 일 모두 다 잘 되기 바랄 뿐입
니다. 아픔의 상처가 차츰 나아지길 바랍니다. 아니, 나
아질 것입니다. (백미러를 보며) 사장님, 수원역 부근에

다 왔습니다. 사장님, 일어나세요, 수원역 부근에 다 왔어요. 여기서 어디로 가죠? 예? 수원이 아니라고요? 친구 집이고… 분당요? 처음 타실 땐 분명히 수원역이라고… 사장님, 정신 차리세요? 이러다 날 새겠네. 정말 분당 맞죠? 분당 어디요? 분당구청요. 아파트 주소를 알려주세요? 코오 뭐라구요? 코오롱인가요? 사장님, 사장님, 주무시면 안 되죠? (고함을 지른다) 사장님! (운전대를 갑자기 회전시켜 브레이크를 밟는다. 급브레이크 소리와 함께 구토하는 소리) 급브레이크에 그만 손님은 내 뒤통수와 귓불을 향해 토하고 말았습니다. 일식집에서 먹은 생선회감들이 분노의 악취를 풍깁니다. (가슴을 만지며) 가슴에 통증이 오기 시작합니다.

상민, 가슴의 통증이 심해지는지 한 손으로 가슴을 움켜쥐며 비틀비틀 오른편 맨 앞으로 퇴장한다.

인화   (꿈속에서) 써니야. 기차 타고 남으로 남으로 내려갔어. 언제부턴가 달려가는 차창 밖으로 네가 있었어. 숨을 헐떡거리며 전속력으로 힘차게 따라오고 있었어. 어서 오라고 손을 흔들었는데 너는 점점 멀어졌어. 자리를 박차고 일어나 기차 문을 열려고 했어. "기차를 멈춰주세요. 문을 열어주세요. 우리 써니가 오고 있어요. 이 기차를 탈 수 있게 해주세요. 어서요." 주위를 둘러보니 아무것도 없었어.

(조명 변화, 현실) 눈만 뜨면, 구석에 웅크려 죽었던 써니의 모습이 자꾸 떠올라요. 범인을 잡고 싶어요. 헌데 제 혼자 힘으로 뭘 어떻게 할 수 있나요. 무서워요. 앞이 캄캄해요. 아무것도 할 수 없어요.

상민 인화씨 집은 깊은 어둠 속에 잠겨 있습니다. 무덤 속 공간이 저런 게 아닐까, 온몸에 소름이 쫙! (상민 휴대폰이 울린다) 예, 조 선배. (사이) 아직 다 못 갚았어요. 강 사장 완전 찰거머리예요. 호프 집 빚잔치 한 지가 엊그젠데… (사이) 참, 어때요? (사이) 저도 그 점이 맘에 들어서 시작했어요. 도그험요. (사이) 관념적이긴 하지만 엽기적으로 가긴 좀 그렇잖아요? (사이) 어차피 인간으론 안 되니까 새로운 인간형이 필요하잖아요. (사이) 그러니까 조 선배 얘기는 간호사를 미스 티의 하수인으로 만들고, 미스 티의 캐릭터도 바꾸란 얘기죠? 이미 뼈대는 다 짰는데. (사이) 생각해볼게요. 아, 선불로 부탁해도 될까요, 시골에 계신 어머님이 편찮으셔서. (사이) 예. 연락드릴게요.

상민, 휴대폰을 끊고 의자에 앉아 다소 난처한 표정을 짓다 뒤편으로 퇴장한다.

인화 (깨어 일어나) 써니야, 밥 먹자. (사이, 돌아서서 가상의 대형 액자에 다가선다) 써니야, 누구나 한번은 죽어. 엄마도 너나 이모처럼 언젠간 죽겠지. 나를 키워준 이모가 죽던 날 나는 안 울었다. 다들 독종이라고 했지. 엄마는 정말 눈물이 나지 않았어. 슬픔보다는 내 앞날에 대한 불안이 앞섰으니까. 이모 집을 곧 떠나야만 했고 낯선 곳에서 또 홀로 서야만 했어. 혼자서 떠도는 섬, 아무런 목적도 없이 이리저리. 그 끝도 언제나 혼자였어. 이별은 내게 너무 익숙한 것이었어. 헌데 너와의 이별은 왜 이리 슬픈지 모르겠다. 그래, 범인을 잡을 거야. "왜 개를 죽였을까요?" 경찰은 오히려 자기 쪽에서 묻고 싶은 질문이래. 없어진 귀중품도 없고 개만을 목적으로 죽였을 때는 뭔가 특별한 이유가 있지 않냐는 거야. 그리고 범인은 집 내부의 상황을 잘 아는 자일 거 같다는 거야. 병찬 씨는 아냐. 우린 여전히 친구처럼 지내고 있어. 그럼 누굴까? 범인은 내 집에 네가, 아니 내가 너와 살고 있다는 걸 아는 자일 거야. 이 집 내부를 아는 사람. 나는 모르는데 나를 잘 아는… 누군가 나를 주시하고 있는 건 아닐까? 누가? 왜? 어떻게? (고개를 돌려 가상의 창을 향해 다가가 창밖을 뚫어지게 응시한다)

7장

인화, 망원경으로 한곳을 계속 주시한다.

인화   비닐봉지의 손잡이가 바람에 흔들리고 있다. 그 떨리는, 흔들리는 모양이 나를 어서 오라고 유혹하는 검은 악마의 손 같았다. 놈은 옥탑방 문 옆에 검은 비닐봉지를 두고 쓰레기를 모았다가 일주일에 한번 씩 집 앞 큰 쓰레기통에 버린다.

인화, 망원경을 내리곤 재빨리 오른편으로 퇴장한다.
상민, 무대 맨 앞에서 등장한다.
인화의 대사에 맞춰 상민은 호객 행위를 한다.
인화, 무대 뒤에서 등장, 상민을 주시한다.

상민   분당, 일산, 수원 갑니다.

인화   놈을 쫓아가 보았더니 술집과 음식점이 즐비한 유흥가다. 대리운전 광고 현수막들이 가로수들 사이에 어지럽게 걸려 나부낀다.

상민   분당, 일산, 수원 갑니다.

인화   놈은 저녁 6시에 나갔다가 새벽 3시에서 5시 사이에 돌아온다. 저녁은 라면과 김밥 한 줄로 때우고 자판기 커

피 한 잔을 마신다. 밤새 뛰면서 먹고 사느라 정신없을
텐데, 내 집에 몰래 들어와 개를 죽인다?

상민 예, 손님! 일산까지 2만 원에 모시겠습니다. (급히 오른
편 맨 앞으로 퇴장)

인화 '기회는 이때야. 놈이 없을 때야.' (한두 걸음 상민 공간
으로 이동) 세 차례나 놈의 쓰레기 봉지를 집으로 가져
와 살폈다. 놈의 살림은 단출했다. 두 번째 비닐봉지를
조사했을 때에는 병원 처방전과 약국의 봉투가 나왔다.
약국을 찾아갔더니 놈은 심장질환자란다. 피로하거나
스트레스 받거나 흥분하면 증상이 심해질 수 있다. 그
리고 놈의 정체를 알 수 있는 단서가 나왔다.

인화, 노트 안에 끼워져 있던 종이 뭉치를 꺼낸다.
군데군데 라면 국물 자국이 남아 있는 종이 뭉치의 뒷면은
스카치테이프에 의해 십자 모양으로 붙여져 있다.

인화 이 종이 뭉치는 놈이 쓴 작품 원고입니다. 첫 장 머리에
놈의 이름이 적혀 있는데 병원 처방전의 이름과 같죠.
변상민. 헌데 작품 제목이 〈개를 낳은 여인〉입니다. 개?
이건 우연일까요?

상민, 망원경을 들고 등장하여 서성거린다.
인화, 의자에 앉아 원고를 읽는다.

상민   그녀에게 변화가 일어나기 시작했습니다. 낮 시간에는 책을 많이 읽습니다. 창가에 있는 의자에 앉아 책을 읽거나 눈을 감은 채 쉬는 때가 많아졌습니다. 아마 마음이 답답하니까 창문을 열어놓고 음악을 들으며 명상을 하고 있는지도 모릅니다. 이제 외로운 그녀에게 어떻게 접근한다?

상민, 뒤편으로 퇴장.

인화   (소설의 내용을 읽는다) 미스 티는 반신반의하면서 도그험피아의 세계로 인도되고 있다. 당장은 도그험피아의 생활이 낯설고 힘들 것이다. 그러나 자신이 낳은 아기에 대한 모정이 싹 트면서 점차 도그험의 존재와 그 세계를 긍정적으로 받아들일 것이다. 수간호사는 원장을 설득할 마지막 순간이 왔음을 감지했다. 이 인간 세계는 무시무시한 폭탄선언을 한 것이다.

8장

소설 속 공상 세계

원장, 서성거리고 있고 간호사, 원장을 바라본다.

원장 이 나라가 미쳤어! 모든 인간들의 유전자 조사를 실시
해서 인간으로 위장하고 있는 도그험들을 모두 색출하
겠다!? 순수하지 못한 잡종들을 모두 죽이겠다!?

간호사 도그험들을 끝장내는 게 원장님 소망 아닌가요?

원장 싹쓸이하고 싶지. 도그험들은 인간 호르몬을 발명, 몸
에 주입시켜 인간 모습으로 돌아다니며 이 세계를 파괴
시키는 놈들이니까! 허나 필요악이야, 우리가 살아남기
위해서는.

간호사 우리라는 건 산부인과를 말하는 건가요?

원장 그래. 우리 산부인과에만 그치는 게 아냐. 도그험과 전
쟁하기 위해 무기를 만드는 군수산업, 병원 산업, 섹스
산업, 정보산업, 보안감시산업만이 아니라 이 인간 세
계의 투쟁 목표가 사라진다구. 그러면 경제와 권력의
뿌리가 흔들려.

간호사 그럼 이 세계에 전쟁이 없는 평화는 언제 오는 거죠?

원장 전쟁이 없는 평화! 수간호사는 정말 그런 세상이 올 거

라 믿어? 착각이야! 생존을 못하는데 평화와 행복이 무
슨 소용이야! 악이 없는데 선이 홀로 설 수 있다고 생각
해? 선을 위해서라도 악이 필요한 거야. 도그험들이 필
요하다구! 이게 세상이야! 이 나라는 이걸 몰라! 사회적
으로 공론화시키고, 다국적 기업들과도 연대해서 이 나
라의 우매함을 깨부셔야 해. 아 참, 미스 티가 온다고
했는데…

간호사 미스 티는 이곳을 떠났습니다.

원장 떠나다니?

간호사 도그험피아로 제가 보냈습니다.

원장 도그험피아?

간호사 미스 티는 자신의 과거를 참회했습니다.

원장 혹시… 수간호사가? (사이) 설마 낙태하려던 도그험의
태아들도?

간호사 제가 모두 살려서 도그험피아로 보냈습니다.

원장 그럼 며칠 전 아기를 빼돌려 도망치다 사살된 도그험
사건도?

간호사 맞습니다. 다행히도 원장님 덕분에 우리 산부인과는 수
색을 안 당했죠.

원장 도그험의 스파이, 배신자.

간호사 저는 지금 원장님을 걱정하고 있습니다.

원장 무슨 뚱딴지같은 소리야.

간호사 원장, 왜 자신이 도그험임을 부정할까? 왜 같은 종족
도그험을 혐오하면서 인간이 되고 싶어 집에서 인간 호

르몬을 주입하는 걸까?

원장 한번만 더 지껄이면 네 입에다 죽은 도그험 새끼들을 쑤셔 넣어 주겠다.

간호사 그런다고 당신 유전자가 바뀔 거 같아.

원장 이제 보니 너야말로 진짜 도그험이군.

간호사 천만에. 너같이 도그험이면서 도그험을 증오하는 도그험이 아니라, 나는 인간이면서 도그험을 사랑하는 인간.

인화 나는 인간이면서 도그험을 사랑하는 인간.

원장 내가 인간이고 네가 도그험이야. 도그험 태아를 빼돌린 바로 너. 추악하고 혐오스러운 잡종들!

간호사 나는 오래 전 이름도 얼굴도 모르는 부모로부터 버려졌지. 인간이 버린 나를 키운 게 누군 줄 알아? 도그험이야. 도그험은 인간이 버린 비참한 운명을 구원하는 구원자.

인화 도그험은 인간이 버린 비참한 운명을 구원하는 구원자.

원장 난 피 한 방울도 개나 짐승들, 도그험과 섞이지 않았어. 지금이라도 유전자 조사에 응할 수 있어. 난 순수하다. 완벽하다.

간호사 순수야말로 인간이 만든 가장 부패한 관념덩어리다! 순수 때문에 얼마나 많은 무고한 생명들이 죽어간 줄 알아! 이 인간 세계야말로 지옥과 같은 쓰레기더미지. 원장, 함께 가자. 네 종족의 세계로!

원장 (다가가며) 난 아니라니까.

간호사   넌 도그험이야.

원장   (간호사의 목을 조르며) 죽어! 죽어!

간호사   (숨이 막혀 질식할 듯한 소리를 낸다)

간호사, 원장의 두 팔을 떼어내려고 발버둥 친다.
젊은 의사, 재빨리 등장하여 완력으로 수간호사로부터 원장을
떨어지게 한다.
젊은 의사를 본 원장, 놀란다.

원장   너, 너는 닥터 한…… 너도 도그험?

닥터한   도그험 종족의 악랄하고 비열한 배신자.

젊은 의사, 원장의 복부를 가격하여 쓰러뜨린다.

간호사   원장에게 자신을 돌아볼 시간이 필요하다. 함께 도그험
피아로 간다.

간호사, 의사, 원장, 함께 퇴장.

9장

인화 (손에 원고뭉치를 들고) 놈이 범인인 것 같습니다. 놈은
현세를 비난하며 세상의 종말을 믿는 소설가입니다. 인
간 세상에 환멸을 느껴 새 세상을 꿈꾸고 있습니다. 그
건 일종의 혁명이죠. 놈이 왜 써니를 죽였는지 짐작할
수 있을 거 같아요. 내가 써니와 지내는 모습, 함께 잠
자는 모습도 보았을지 모릅니다. 헌데 아주 불쾌한 것
은, 내 추리가 맞다면, 내가 개와 섹스 했다고 믿고 있
다는 거죠. 이 소설 속의 미스 티는 나보다 나이가 열
살이나 어리지만, 직업은 나와 같은 패션디자이너죠.
인간에게 몸을 파는 창부로도 설정했죠. 말세 같은 세
상, 타락한 세상, 개 같은 년, 개 같은 세상이라고 신랄
하게 욕했겠죠. 나를 차마 죽일 수는 없었을 테고 그 대
신 개를 죽인 겁니다. 헌데 이 소설은 나를 적잖이 흥분
시켰습니다. 나는 소설에 점점 빠져 들어갔죠. 수간호
사는 나를 돌아보게 하고 운명의 단단한 껍질을 깨고
나오게 하는 힘을 느끼게 했습니다. 그녀는 말했죠.
"우리에게 바꾸지 못할 운명이란 없다."

긴 사이렌소리와 함께 들려오는 수간호사의 목소리.
"비상상황이다. 도그험들은 집결하라!

비상상황이다. 도그험들은 집결하라!"
수간호사의 음성과 함께 샤막 뒤에서 도그험들이 등장하여
긴장된 표정으로 느리게 달리는 마임을 계속하다가 퇴장한다.
인화, 등장.

(서성이며 고뇌에 찬 표정으로) 저 집에 어떻게 들어가지?
들어가다 발각되면? 만약 저놈이 범인이 아니면? 물증
이 있어야 하잖아? 다시 경찰에? 아냐, 소설이 물증은
아니잖아. 전과자에다 사이코패스일지 몰라. 그냥 쳐들
어가선 안 돼. 인화야, 뭘 두려워 해? 왜 이리 나약해?
저놈은 분명 우리 써니를 죽였어. 이거야말로 살해야.
여러 정황이 이를 입증해주고 있잖아. 용기를 내. 모든
걸 짓밟았는데 뭐가 두려워. 새벽에 들어오잖아. 좋은
기회야. 다시 가자!

인화, 가로질러 상민의 공간으로 이동한다. 두렵고 떨리는 모
습이 확연하다. 곳곳을 둘러본다. 덮개가 열려 있는 노트북에
시선이 옮겨간다. 노트북의 전원을 켠다. 침착하게 주머니에
서 이동용 USB를 꺼내어 노트북 플러그에 꽂고 C의 하드드
라이브에 있는 모든 파일을 USB로 옮긴다. 노트북에서 이동
용 USB를 뽑아 주머니에 넣고 노트북의 전원을 끈다. 방을
떠나기 전에 다시 한 번 둘러보며 왼편으로 퇴장.

상민은 오른편으로 등장하여 의자에 앉고 주머니에서 지폐를

꺼내어 하루 번 돈을 계산한다. 나지막이 한숨을 내쉬더니 주머니에 돈을 넣어두고는 길게 하품을 하며 기지개를 켠다.

인화, 간호사복을 들고 등장하여 마네킹에 입힌다. 이리저리 보며 옷맵시를 살핀다. 간호복은 소설 속 수간호사가 입은 것과 동일하다. 그리고 의자에 앉아 원고 뭉치를 보고 있다.

상민, 일어나 몸을 풀다가 자연스레 인화 집으로 시선이 옮겨진다. 거의 무의식적으로 망원경을 집어 들어 살핀다.

상민 어! 새벽 여섯신데. 뭘 보고 있지? 종이 뒷면은 십자 모양의 테이프로 붙여져 있습니다. 한 장, 한 장 넘기며 읽어갑니다. (고개를 갸웃거린다)

상민, 무대 뒤편으로 가려는 순간, 이상한 느낌이 들어 멈추더니 다시 망원경으로 본다.

저건 또 뭐야? 간호사 복장? 그렇다면… (추리를 시작한다) 내가 버린 원고? 뭐지? 소설에 등장하는 간호사복을 마네킹에 입혀서 내게 침묵으로 알린다? '야, 니가 우리 큰개를 죽인 범인이지? 다 알아' 무슨 꿍꿍이속이 있다. 무슨 꿍꿍이가.

인화, 어느새 망원경으로 상민을 주시하고 있다.
상민, 천천히 망원경을 들어 주시한다.
상민, 놀라는 표정이나 인화, 담담하다.

상민, 놀라서 숨었다가 다시 망원경을 들어 본다.
둘, 망원경을 내려놓는다.

인화, 급히 왼편으로 퇴장, 뒤편에서 우산 쓰고 중앙으로 등장.
상황, 비 오는 날. 비 내리는 소리.

인화 나는 기다리고 기다렸습니다. 놈이 집에서 쉬는 날 오후, 놈과 길에서 마주치길 기다렸죠.

상민, 맨 앞에서 우산 쓰고 중앙으로 등장.

인화 안녕하세요?
상민 예.
인화 시간 좀 있으세요? 잠깐이면 돼요. 좀 길 수도 있구요.
상민 그러시죠.
인화 언제부터 나를 지켜봤나요?
상민 ……
인화 걱정 마세요. 경찰에 신고 안 했으니까.
상민 미안합니다.
인화 사과할 거 없어요. 저도 본 걸요.
상민 전혀 그럴 의도 없었습니다. 우연히 둘러보다가 그만.
인화 성인화에요, 제 이름.
상민 변상민입니다.
인화 세상에 이런 인연도 다 있네요.

상민   예.

인화   저를 훔쳐본다는 걸 처음 알았을 때는 정말 변탠 줄 알았어요.

상민   드릴 말씀은 없습니다만, 아닙니다.

인화   좀 불편하네요. 제 집에서 차 한 잔 하실래요?

상민   지금요?

인화, 먼저 뒤로 퇴장한다.

상민   함정 같은 거 아니겠지? 내게 유도 질문해서 개 살해범으로 몰만한 단서를 잡기 위해서 말이야. 가지 말자. 아니다. 그럼 날 더 의심할지도 몰라. 내가 범인이란 증거는 없어. 단지 훔쳐본 거에 화나서 쓰레기를 뒤져 원고를 찾아 읽고 내가 보란 듯이 망원경으로 나를 관찰했는지도 몰라. 그래, 물러설 거 없어. 저 여자와 가까워지는 걸 정말 원했잖아. 어쩌면 잘 될 수 있을 거야. 과거는 과거, 현재는 현재. 미래를 위해 과거의 일을 잊자. 물론 그러기 위해서는 단단히 입 조심해야지.

상민, 뒤따른다.
인화의 공간으로 인화, 상민 등장.

인화   집안이 썰렁하죠? 원체 물건이나 장식이 많은 건 딱 질색이에요.

상민   그러네요.

인화   잠깐만요.

상민, 객석 쪽을 보며 가상의 대형 액자에 시선을 고정시킨다. 인화, 커피잔을 들고 온다. 상민의 시선이 향하는 곳(가상의 대형 사진 액자)을 본다.

인화   내 아들 써니에요.

상민   (돌아서) 예?

인화   (커피잔을 건네며 웃는다) 골든 리트리버 종이예요. 덩치도 크고 애인처럼 믿음직스럽죠.

상민   예.

인화   원래는 아들처럼 생각해서 썬(son)으로 지었어요. 자꾸 부르다보니 편하게 써니가 되었죠. 태양이 비친다는 뜻도 되구요. 제가 열두 시 너머까지 작업하면 졸려도 안 자고 기다려요. 주인 말 잘 듣는 개들 얘기 많이 들었지만 이런 개 처음 봤어요.

상민   믿어지지가 않네요.

인화   한번은 새벽까지 일하다 과로로 쓰러졌어요. 써니가 계속 짖어댔죠. 이웃집 신고로 나는 병원에서 살아났어요.

상민   정말 훌륭한 개네요.

인화   지금 곤히 자고 있어요. 저 방에서요.

상민   (차를 마시려다 멈추고) 예!

인화   (상민의 표정을 놓치지 않는다) 한번 보시겠어요?

상민 아뇨, 괜찮습니다. 바깥 산책하셨을 때 몇 번 봤어요.

인화 혹시 저하고 거실에서 함께 지내는 건 못 보셨나요? 망원경으로 안 보여요?

상민 그러고 보니 본 것도 같아요. 자세히는 못 봤지만.

인화 개는 죽었어요.

상민 자고 있다고 하지 않았나요?

인화 죽어도 우리 써니의 영혼은 항상 내 곁에 있으니까요. 벌써 한 달 됐어요.

상민 왜 죽었죠?

인화 누가 개의 사료에 약을 탔대요.

상민 범인은 잡았나요?

인화 경찰은 우습게 생각해요.

상민 그래도 죽은 건데…

인화 혹시 낯선 사람이 침입한 걸 보시지 않았나 해서요.

상민 전혀요.

인화 밤 11시쯤 됐을 거예요.

상민 제가 일을 하고 있을 때군요. 조그만 호프집을 합니다. 아는 선배와 동업하죠.

인화 한 가닥 희망이 사라졌네요.

상민 많이 괴로우셨겠어요.

인화 외출할 때 써니의 눈을 보면, 마치 사랑하는 사람을 어쩔 수 없이 떠나보내게 될 때의 그런 막막함으로 날 바라봐요. 정말 돌아서기가 쉽지 않죠. 외출했다가 현관 입구에 들어서기도 전에 내 발자국 소리를 듣고 기뻐서

짖어대죠. 저 방문을 열면 그 큰 덩치로 달려들어요. 그럼 난 써니를 한껏 포옹해주죠. 아무리 힘든 일이 있어도 써니의 맑고 순수한 눈을 보고 있으면 이겨낼 힘이 생겨요. 한없는 애정으로 날 지켜줬으니까요. 변함없이… (사이) 저의 개가 되어주세요.

상민, 인화의 느닷없는 말에 당황하여 어찌할 바를 모른다.

인화   내 정신 좀 봐. 손님 초대해놓고…

상민   괜찮습니다.

인화   오죽했으면 옥탑방 마당까지 갔겠어요. 나를 망원경으로 지켜본다는 것을 알았을 때 혹시 범인이 아닐까 의심했죠. 쓰레기봉지를 뒤져서 무슨 단서라도 찾아내야겠다 싶었어요.

상민   충분히 그럴 수 있습니다.

인화   소설가가 개를 죽인다, 있을 수 없는 일이죠.

상민   예.

인화   다 끝난 일이예요. 상민 씨 소설, 잘 읽었어요. 비록 쓰레기봉지에 있던 원고였지만.

상민   미완성된 거예요.

인화   아니에요, 그것만으로도 훌륭해요. 작가나 예술가에겐 누구나 끼가 있다고 하죠. 그런 끼가 있어야 작품을 잘 만든다고요. 망원경으로 세상을 조금 훔쳐볼 수 있겠다 싶더군요.

상민 그렇게 말씀해주시니 고맙습니다. 변명같이 들리시겠지만 작품의 주인공이 지금의 저처럼 옥탑방에 살면서 세상을 망원경으로 관찰하죠.

인화 뭘 보셨나요?

상민 나쁜 짓인 줄 압니다만, 그래야 구체적인 모습들이 잘 잡힐 거라 생각했죠.

인화 나니까 다행이지 신고 들어가면 어쩌실 뻔했어요.

상민 다행히 아직까진 없었습니다.

인화 도그힘이란 존재가 아주 흥미롭고 새로웠어요. 도그힘의 얼굴을 다양하게 그려 옷으로 만들어도 좋겠어요.

상민 개와 인간의 합성체일 뿐이죠. 인간과 로봇의 합성체 사이보그가 있듯이요.

인화 그런 합성체의 탄생이 가능한가요?

상민 현재의 생물학적 지식으론 불가능합니다. 원래 생물학적 종이란 게 서로 생식을 통해 같은 유전자 구성을 갖는 자손을 낳을 수 있는 집단이라는군요.

인화 어디서 아이디어를 얻으셨나요?

상민 (가상의 대형사진에 눈길을 줬다가) 한 아줌마가 아기용 캐리어를 맨 채 걸어가더군요. 쓰윽 봤더니 주먹만 한 강아지가 들어 있지 않겠어요.

인화 그 여자가 강아지를 낳았다는 거군요. 해서 도그힘을 다뤘구요.

상민 타락한 세상, 말세 같은 세상에선 이것을 뒤엎고 새로운 세상이 도래하길 바라죠. 그러려면 새로운 존재가 필요해요.

인화 맞아요. 그러지 않고는 우리처럼 남의 집안이나 훔쳐보는 인간들이 사라지지 않을 겁니다. (웃는다)

상민 (함께 웃는다) 어쨌든 졸작이 맘에 드셨다니 다행입니다.

인화 다른 소설도 읽고 싶어졌어요.

상민 보여줄 정도까진 안돼요.

인화 호프집은 소설 쓰면서 힘드시죠?

상민 낮밤이 바뀌어서 힘들지만, 소설 쓸 때는 즐거워요.

인화 (상민을 유심히 보면서) 왜 나를 관찰했죠?

상민 저, 그건…

인화 솔직히 말씀해주세요.

상민 자꾸 보고 싶었습니다. 처음엔 단순히 호감 정도였는데… 이 순간 오래 기다렸습니다. 진심입니다.

인화 (상민의 말이 끝나기도 전에) 종교를 갖고 있나요?

상민 아뇨.

인화 무엇을 간절히 원할 때 어떻게 하나요?

상민 글쎄요, 그냥 최선을 다합니다.

인화 훔쳐보는 당신을 제가 어떻게 발견한 줄 아세요?

상민 우연이 아닌가요?

인화 물론 우연이죠. 어느 날 한낮에 옥탑방 쪽에서 빛이 번쩍 했죠.

상민 거듭 죄송합니다.

인화 삼동 아파트가 눈에 들어왔어요. 베란다 풍경은 집집마다 달랐어요. 가장 제 시선을 끈 집은 베란다 밖으로 푸

른 깃발을 걸어놓은 집이었어요.

상민   (무심히 끼어들어) 아, 할머니 집요? 측은하기도 하고 고 독해 보이더라구요.

인화   (상민의 말을 전혀 신경 쓰지 않고) 뭔가 그 아파트에서 빠 져 나가려는 어떤 나약한 존재의 필사적인 몸부림 같았 죠. 전혀 눈을 뗄 수 없었어요. '저 깃발을 왜 저렇게 놔 두지? 할머니, 저 집 식구들은 왜 거두지 않지?

상민   까맣게 잊고 있는 건 아닐까요?

인화   다른 일을 해도, 잠을 청해도 그 깃발은 뇌리에서 계속 펄럭였어요. 불면증에 시달렸죠. 그러다 잠이 들면 망 망대해 한 점이 되어 한없이 가라앉다가, 질식해서 죽 을 것 같은 순간에 벌떡 일어나 두 눈을 부릅떴어요. 나 중엔 화가 치밀더군요.

상민   저도 짜증나더라구요. 대체 언제까지 저렇게 놔둘 거 야?

인화   당장 찾아가 깃발을 빼라고 말할까요? 가만, 지금 내가 뭐하고 있는 거지? 대체 누구한테, 뭘 바라고 있는 거 야? (자신의 망원경을 상민에게 건네준다)

상민   이런 걸 우연의 일치라고 하죠?

인화   앞으로도 우리 사이에 이게 필요할까요?

상민   이렇게 가까이서 볼 수 있다면 필요 없죠.

인화   (수간호사복을 보고) 참, 이걸 보여주고 싶었어요. 소설 을 잘 읽은 기념으로, 아니, 원고를 훔쳐 읽은 죄책감 에서요.

상민　어차피 버린 원곤데요.

인화　소설에 묘사된 대로 한번 만들어봤는데, 어때요?

상민　아주 근사해요.

인화　수간호사는 도그험들의 세상, 새로운 세상을 위해 혁명을 꿈꾸죠.

상민　수간호사는 이 세계의 생명을 관장하는 산모죠.

인화　성품이 따뜻하면서도 무시무시한 파괴력을 느꼈어요.

상민　잘 보셨어요. 혁명가에게 보통 이상의 에너지가 없다면 혁명이 성공할 수 없죠.

인화　나는 아무래도 혁명가 체질은 아닌가 봐요. 인간이든 세계든 서서히 변하는 게 좋다고 보죠.

상민　개혁이 혁명보다 더 힘들다는 말 들어보셨죠?

인화　혁명은 너무나 많은 희생과 파괴를 수반해서 싫어요.

상민　사회 조직이나 국가는 그렇겠지만, 인간은 다르다고 봐요. 인간은 눈곱만큼의 변화로도 엄청난 혁명을 이룰 수 있죠. 근본을 뒤집는 혁명요.

인화　쉽게 납득이 안 가는군요.

상민　인간은 눈곱만큼의 변화로도 엄청난 혁명을 이룰 수 있다. 근본을 뒤집는 혁명.

인화　그래요. 오늘은 여기까지만 하죠. (상민의 비닐봉지를 건네며) 작가님을 만나 궁금한 게 풀렸어요. 다음에 한번 초대해주세요.

상민　저희 집으로요?

인화　소설가는 어떻게 사나 궁금해요.

상민   쉬는 날을 잡아보죠.

인화   예, 연락 기다리죠.

상민, 우산 들고 오른편으로 이동.

상민   안녕히 계세요.

상민, 인화와 인사하고 퇴장.

상민   (뒤편에서 걸어나와 걸음 멈추며) 내가 생각했던 인화씨가 아니었어. 문 앞까지 와서 쓰레기 봉지까지 뒤졌다구! 나한테 먼저 접근했어. 차 한 잔 하자고, 그것도 자기 집에서! 하지만 함정은 없었어. 자기 집의 침입자를 본 적이 있느냐는 질문은 충분히 할 수 있지. 근데, 그 개가 자기 아들이라구? 나보고 자기 개가 돼 달라구? 그게 무슨 뜻이지? (사이) 가만! 아까 뭐랬지? "인간은 눈곱만큼의 변화로도 엄청난 혁명을 이룰 수 있다. 근본을 뒤집는 혁명!" 어떻게 내가 그런 거창한 말을 순간적으로 했지! 소설에다 써먹어야지. 도저히 믿기지 않아!

인화   (대형 사진 액자를 보며) 진실이라곤 눈곱만치도 없는 새끼! 우리 써니를 죽인 바로 이 장소에서 참회의 말 한 마디, 참회의 눈빛이라도 보이길 바랬어.

무대, 암전.

10장

술을 한 잔 걸친 상민, 자신의 흥에 취해 비틀거린다. 노트북 밑에서 노란 팬티를 꺼내며 가상의 인화에게 혼잣말을 하고 있다.

상민　인화 씨! 당신 팬티 한 장 없어진 거 알아? 모르지? 나, 변태 아니니까 오해하지 마. 추리소설 보면 말이야. 위대한 도둑들은 물건 훔치고 흔적을 남기지. 딱 한 가지만. 나도 한번 흉내내본 거야. 장롱 서랍 딱 열었더니 일곱 개의 팬티가 무지개 색으로 가지런히 좌악. 영어로 먼데이, 튜즈데이… 선데이까지. 당신, 요일에 맞춰 하루에 한 장씩 갈아입었지? (사이) 에이, 정말! (사이) 아니면 말구. (웃는다) 민망해서 서랍 닫고 그냥 나오는데 뒤에서 날 부르는 소리가 들리는 거야. "여보세요, 상민 씨, 상민 씨, 그냥 가시면 어떡해요. 그들 중에서 가장 예쁜 걸 가지세요. 제발요." 귀가 번쩍 뜨이더군. 딱 돌아서니깐 일곱 색깔의 인화 씨가 줄지어서 요염하게 서 있는 거야. 두 눈깔이 띠용! 어디 보자, 뭘 고를까. 선데이는 쉬는 날이라 좋은데 이놈의 옥상 달구는 뜨거운 태양이 연상돼서 싫고, 그래, 프라이데이. (사이) 왜냐구? 프라이데이에는 우선 대리 손님들이 많잖아. 토요일에 쉬는 직장들이 많으니까. (사이) 당연하지. 인간은 경제적 동물. 또 프라이는 자유로운 프리(free)에다 하늘로 훨훨! 플라이(fly). 계란 후라이 먹고 프리하게 플라이하는 프라이데이!

상민, 막춤을 추다가 책상 의자에 앉아 노트북을 치면서 소설 작업을 한다. 취중 작업이라 자세가 흐트러져 있다.
무대 뒤에서 간호사, 도그험1, 2 등장한다.
간호사의 연설 내용에 맞게 재난 상황이 배경 음향으로 연출된다.

상민 인화 씨, 당신 수간호사 좋아하지? 내가 써줄게. 간호사, 적, 들, 은, 이 행, 성, 의, 빨, 간.

간호사 적들은 이 행성의 빨간 신호등을 파괴하고 있다. 우리 도그험피아의 신성한 숲에 불의 핵을 떨어뜨려 불바다를 만들고 있다. 산 정상마다, 땅 곳곳마다 불기둥이 분출하고 솟구친 불덩어리가 장대비처럼 도그험피아를 폭격한다. 불덩어리가 떨어진 곳은 잿더미로 변하고 시꺼먼 연기가 치솟아 순식간에 암흑의 세계가 지속된다. 날짐승, 길짐승, 말 못하는 식물, 광물도 비명을 지르고 피를 토한다. 저들이 과연 이 행성의 주인이란 말인가? 도그험들이여! 우리에겐 더 이상 물러설 세계도 시간도 없다. 최후의 일전이다. 우리 후손들을 위해! 나가라! 싸워라! 승리하라!

상민   (어느새 일어나 간호사와 동시에) 최후의 일전이다. 우리
       후손들을 위해! 나가라! 싸워라! 승리하라!

       도그험 군중들의 지지하는 소리.
       전투하는 굉음과 총소리 등이 들린다.
       도그험들, 총검술을 하는 동작을 열심히 취한다.
       상민도 신이 나서 무대를 휘저으며 도그험의 총검술 동작을
       따라한다.
       도그험들, 총검술을 하는 동작을 열심히 취하는데
       방문을 두드리는 소리.
       모두 듣지 못한다.
       방문을 두드리는 소리.
       도그험들, 동작을 멈춘다.
       상민, 듣지 못한다.
       다급하게 방문을 두드리는 소리.

       상민, 다가가는데 닫혔던 방문이 쾅하고 세게 열리는 소리 들
       리자 놀라며 뒤로 물러서는 상민.
       방문으로 쏟아지는 강렬한 빛.

상민   (무릎 꿇고 가상의 강 사장에게 말하듯) 강 사장님. 도망치
       다뇨. 아닙니다. 핸드폰 번호 바꿨습니다만. 고장 났어
       요. 아시잖아요? 번호 바꾸면 핸드폰 공짜로 주는 거.
       (노란 팬티를 벗으며) 아, 이거요. 글쎄요, 이게 왜 내 머

리를 감싸고 있을까요? 아! 아! (발에 차여 가슴을 부여잡고 뒤로 나동그라진다) 일수 찍겠습니다. 예, 매일매일. 한 번 더 토끼면 그땐 제가 이 두 발목을 싹둑! 길거리에서 구걸해서라도 갚겠습니다. (사이) 감사합니다. 감사합니다. (두 손을 벌려 감읍하듯) 은혜롭고 자비로우십니다. 안녕히 가십시오. 안녕히 가십시오.

인화, 소설 원고를 들고 뒤편에서 등장.

인화 인간 세상에서 가장 위험한 적은 세상이 아니라 인간 자신이다. 인간이 인간에게 부당하게 행사하는, 보이지 않는 권력의 쇠사슬을 끊어야 한다. 당신은 자신의 야욕을 위해 그녀를 내쳤고 권력을 택했다. 보라, 당신이 죽어 자신의 묘비에 적혀 있을, 깨알 같은 글자들! 영광스런 묘비 뒤에 얼마나 많은 나약한 인간들의 피와 희생이 있는가. 영웅의 시대는 사라져야 한다. 도그험들이여, 내가 죽는 날 나를 불태우고 내 이름을 영원히 기억하지 마라.

인화, 소설에 감동을 받은 표정으로 의자에 앉는다.
상민, 아픈 몸을 일으켜 앉는다.

상민 강 사장 개자식! 내 영혼을 빨아먹는 흡혈귀 개새끼! 불도저에 깔려 대갈박에 이백 바늘 꿰맨 문어대가리 개새끼! (괴로워 몸부림친다) 그래, 딱 한번! 이 소설로 딱 한 번만 대박 치자. 대박 치면, 문어대가리 개자식에게 빚진 돈은 태풍 속의 코털이고 태평양 속의 십 원짜리 동전이다. (사이) 그래, 이 시대의 독자는 정의니 진실이니 도덕 윤리 선생 같은 구닥다리 얘기 싫어하지. 투쟁과 혁명은 지난날의 유행어다. 인화 씨, 미안해. (노트북 타이핑하며) 도그험! 너희 둘은 이 전쟁터에서 수간호사를 배신하고 수간호사를 체포한다. 체포하라!

수간호사, 당황하고 도그험들, 서로 쳐다보며 어리둥절한다.

상민   체포! 체포!

도그험들, 수간호사를 체포하여 함께 퇴장한다.

인화   요염하고 영특한 미모의 젊은 미스 티! 원장과 한패가 된다. 원장을 이용해 도그험들을 노예로 팔고 사며 경제계의 여왕이 된다. 전쟁 중에도 아랑곳없이 적국과 아국을 자유로이 오가며 수많은 권력자들을 쥐락펴락 한다.

미스 티와 간호사, 원장, 등장한다. 인물들은 희화적으로 바뀌어 코믹하고 경박한 연기를 한다.
상민은 의자에 앉아 괴로워하고 있다.

티	경찰들은?
원장	병원 안을 한번 둘러보더니 떠났습니다.
간호사	(간사스럽게) 걔네들은 다 눈 뜬 장님이던데요.
티	다 원장 덕분이지.
원장	아직 법무장관은 저에 대한 경계를 다 풀지 않았는데요.
간호사	법무장관은 법에 대해 무식하던데요.
티	(간호사 무시하고) 시간이 걸릴 거야. 돈 많고 명예 있는 놈이 늙으면 느는 건 의심밖에 없으니까. 돈과 지위 가진 놈이 못 가진 게 있지. 지혜로운 눈. 그래서 세상은 공평한 거야. 이번에 법무장관만 넘어오면, 도그험을 노예 매매 시장에 팔아넘기는 사업권은 우리가 따낼 수 있어.
원장	내 말을 듣고, 과연 법무장관이 넘어올까요?
간호사	제가 두 번이나 꼬셔도 안 넘어오던데요.
티	원장은 원장의 역할에만 충실하면 돼. 제2, 제3, 제4의 전략까지 다 세워놨고 동시에 진행되고 있지. 우리 쪽으로 안 넘어오면, 법무장관이 어떻게 되는지 알아? 탕! (총을 쏘는 동작을 취한다) 하지만 세상엔 도그험 전사가 살해한 걸로 발표될 거야. 그러면 우리 인간은 더욱 흥분해서 도그험과의 전쟁에 광분하겠지.
간호사	전쟁이다! 전쟁!
인화	말도 안돼!

상민, 두 주먹으로 책상을 치나, 힘없이 풀썩 쓰러진다.

인화, 휴대폰 전화를 건다. 휴대폰 벨 소리 울린다.
휴대폰을 받는 상민.

인화 저예요, 성인화.
상민 예, 인화 씨!
인화 내일이 제 생일인데요.
상민 생일 진심으로 축하합니다.
인화 저녁 8시에 제 집으로 오세요.
상민 인화 씨 집으로요? 토요일 저녁 8시, 알겠습니다.

암전.

11장

인화, 상민의 공간에 있지만, 어둠에 묻혀 모습이 잘 보이지 않는다.

상민, 잠시 후 꽃다발과 조그만 선물을 들고 뒤(오른편)에서 등장, 잠시 기다리다 객석(자신의 옥탑방 공간)을 보고 의아한 표정으로 돌아서 퇴장하여 자신의 공간으로 등장.

인화, 상민의 방을 둘러보다가 상민, 등장하여 불을 켜면, 인화, 자신이 제작하여 마네킹에 입혔던 간호사복을 입고 있다. 담담하고 비장한 표정의 인화, 상민을 향해 고개 돌리며 표정을 환하게 바꾼다.

인화   어때요?

상민   (깜짝 놀라 뒤로 주춤한다) 서프라이즈! 전혀 상상도 못했어요. 오늘이 제 생일 같아요.

인화   기분 좋으시니 다행이네요.

상민   (꽃다발과 선물을 건네며) 인화 씨 생일 진심으로 축하합니다.

인화   열쇠, 화분 밑에 두지 마세요.

상민   예. (선물을 가리키며) 자, 한 번 풀어보세요.

인화   나중에 집에서요.

상민   매너 있는 사람은 선물 준 사람 앞에서 풀죠.

인화	제 버릇이에요. 혼자 풀어보며 선물 준 사람의 마음을 헤아리죠.

인화   제 버릇이에요. 혼자 풀어보며 선물 준 사람의 마음을 헤아리죠.

상민   그래요.

서로 말이 없이 바라본다.

상민, 인화에게 다가가 인화의 손을 잡는다.

인화, 슬며시 상민의 손을 뿌리친다.

상민   (다정하게) 이 순간을 기다렸어요.

인화   (평이하게) 저도요.

상민   정말 오랜 시간이 걸렸죠. 인화 씨 처음 본 순간부터.

인화   저도요. 상민 씨를 처음 발견한 순간부터.

상민   인화 씨는 잘 모를 거예요. 믿어지지 않아요, 지금 이 순간이.

인화   이상하지 않아요? 상민 씨를 초대해놓고 무단으로 이 집에 와 있다는 게요.

상민   전혀요. 이렇게 코스튬(의상) 깜짝 이벤트를 위해선데요.

인화   (둘러보며) 이 옥탑방은 비좁고 아주 답답하네요.

상민   그렇잖아도 언제 이사 갈까 궁리중입니다. 장사도 잘 되어가는 편이고 또 소설도 인기를 얻으면…

인화   전혀 낯설지 않아요.

상민   이런 데서 살아본 적 있군요?

인화   처음이 아니라는 뜻이죠.

상민   무슨 말이죠?

인화	바로 이 방에 여러 번 들어와 봤다구요.
상민	(웃으며) 성격 테스트 해보려는 거죠, 내가 화를 내나 안 내나?
인화	제 생일은 2월 5일입니다. 추운 한겨울이죠.
상민	인화 씨, 뭔가 있군요?
인화	우리 써니를 죽인 이유를 난 알고 있어.
상민	바로 엊그제 나에 대한 의심이 풀렸다고 말하지 않았나요?
인화	넌 내가 써니하고 친하게 지낸 걸 시기했어.
상민	인화 씬 뭔가 오해하고 있어요.
인화	단 한번만이라도 좋으니 좀 솔직해봐, 대리운전사 양반.
상민	(당황한다) 하지만 호프집 장사한 건 맞아요. 망해서 지금은 운전하지만.
인화	정말 소설 쓰시는군.
상민	거짓말 인정해요. 하지만.
인화	(말을 잘라) 너는 내가 개와 섹스하고 있다고 생각했어. 개에 대한 질투와 콤플렉스.
상민	정말 돌아버리겠군.
인화	당신 소설 아주 훌륭해.
상민	소설과는 상관없어요.
인화	수간호사의 거룩한 영웅 이야기.
상민	제발 그만 합시다, 인화 씨.
인화	넌 세상의 종말을 믿었고 이 세상을 바꾸고 싶었어. 그래서 도그험을 설정했지. 헌데 당신이란 존재는 도그험

피아를 꿈꾸고 투쟁하는 수간호사가 아니야. 도그험을 지독히 혐오하면서도 도그험을 이용하려는 원장이었어. 아주 속물적인 인간.

상민 그럼 내가 간호사이면서 동시에 원장이었다?

인화 아니. 작품에선 간호사였지만 삶 속에선 원장이지.

상민 (호탕한 웃음) 이제 보니 대단한 평론가시군.

인화 꼴에 시도 쓰더군. 고매한 순수주의자처럼 이슬 같은 눈물을 찾아다니고.

상민 (책상 위로 눈길이 가나 노트북이 없다)

인화 모든 걸 읽어 봤지.

상민 어딨어?

인화 아주 잘 보관하고 있어.

상민 어떤 물건인데 함부로 손대. 빨리 내놔.

인화 그냥 노트북일 뿐.

상민 내 몸의 일부야. 내 살아온 과정이고 세계 전부라구.

인화 음란 만화와 포르노가? 엉망진창 쓰레기 매립장.

상민 대체 뭐야! 왜!

인화 아주 쪽팔리겠지. 하지만 걱정 마. 그런 걸로 너란 인간 우습게 보진 않아. 쓰레기 봉지에서 찾은 〈개를 낳은 여인〉을 읽었을 때 일종의 카타르시스를 느꼈어. 잠시 네놈이 우리 써니를 죽인 사실을 잊을 정도로. '세상에 이런 놈도 다 있구나. 아직도 세상을 말세로 보며 새 세상을 꿈꾸는 놈이 있구나. 헌데 나를 훔쳐보는 건 뭐고 우리 써니를 죽인 건 또 뭐야? 이런 미친 새끼가 어떻게 이런 훌륭한 생각을 했지? 다른 사람이 쓴 거 아냐? 베낀 거 아냐? 정말 우리 써니를 죽인 놈 맞아?

상민 　그만.

인화 　〈개를 낳은 여인〉의 최종수정본, 〈도그힘의 섹스 시대〉.

상민 　최종이라 이름 붙였지만 일, 이, 삼, 사, 파일에 번호 붙여가며 계속 고칠 생각이었어.

인화 　수간호사를 바보로 만들고 미스 티를 권력의 중심에 세웠어. 장사꾼 창녀, 미스 티! 도그힘을 노예 시장에 팔아넘기는 년!

상민 　네 말 맞는데, 아직 책으로 만들어진 거 아니야.

인화 　내가 여기 온 까닭은, 간호사를 그렇게 만든 너를 저주하기 위해서야.

상민 　네가 소설이 뭔지 알아! 소설이 뭔지 아냐구! 저주해도 좋으니 내놔!

인화 　너란 인간, 노트북에 다 있더군.

상민 　인간이 너처럼 단세폰 줄 아냐? 그깟 자료 좀 봤다고 나를 진짜 알 수 있을 거 같아?

인화 　노트북으로도 진짜 알 수 없다 이거지. 처음엔 네 몸의 일부고 삶의 과정이고 세계라더니 별거 아니다 이거지. 그렇다면 노트북은 정말 너나 나한테 쓰레기에 불과하군.

상민 　내 쓰레기 내가 치운다. 내놔 어서.

인화 　변기에 푹 담궈났어. 깨끗이 정화시키려구.

상민 　뭐야.

상민, 급히 무대 뒤로 달려가서 물에 흥건히 젖은 노트북을
들고 나온다. 바닥에 떨어뜨린다.

상민 찢어죽이고 싶다.

인화 다시 시작해.

상민 다 날아갔는데 어떻게 다시 시작해.

인화 (USB를 보여주며) 여깄어.

상민 빨리 내놔.

인화 (주머니에 넣으며) 다시 고쳐 써.

상민 어떻게 여기까지 왔는데.

인화 그래야 바뀔 수 있어.

상민 그건 내 소설이야 허구라구. 내 공상, 상상의 산물.

인화 제발, 도그험으로 다시 태어나.

상민 도그험 같은 건 이 세상에 없어! 그만하라구!

인화 이미 내 안에 있어.

상민 그래, 내가 참는다. 내가 개를 죽였다고 이러는 거 알
아. 난, 정말 아냐.

인화 인생 쓰레기처럼 살지 마.

상민 쓰레기?

인화 그래 우리 개를 죽인 게 눈곱만큼의 변화고 혁명이야?!
(주머니에서 노란 팬티를 꺼내어 상민의 얼굴을 향해 던진다)
구제불능 패배자 새끼!

상민 좋은 말 할 때 주고 꺼져, 쌍.

인화 너나 나 같은 인간은 늘 패배자지. 인간이 인간을 부당

하게 지배하는, 보이지 않는 사슬을 끊어야지. 도그힘
이 필요해.

상민 이런, 완전히 미쳤어!

인화 고쳐 써!

상민 한번만 더 그러면 죽여 버릴 거야.

인화 이 말세 같은 현실은 어떡하라구. 하다못해 지렁이처럼
꿈틀거려봐. 옴질거려봐. 흔들어봐. 세상의 먼지 한 점
이라도 움직여야지. 바뀌야지.

상민 (인화의 멱살을 잡으며) 꿈틀거리라구? 먼지 한 점이라도
움직이고 바꾸라구? 세상이 그렇게 만만해 보여? 현실
이 소설인줄 알아? 소설가라도 쓰고 싶은 대로 쓸 수 없
는 게 현실이야. 그게 바로 부정할 수 없는 현실이라구!

인화 그러니까 너는 3류 쓰레기 소설가야. 쓰레기 매립장에
대가리 처박고 죽어.

상민 (목을 조르며) 그만!

목이 졸리는 인화, 상민의 팔을 떼어내려고 안간힘을 쓰다가
무릎 꿇는다.

인화, 죽음의 위협을 느꼈는지 책상 위 연필통에서 날카로운
물건을 집어 상민의 배를 찌른다.

상민, 인화를 무섭게 노려보면서 배를 움켜쥐고 무릎 꿇어 앞
으로 쓰러지려는 상체를 인화, 놀라듯 밀치며 뒤로 쓰러지게
한다.

인화, 자신의 모습에 놀라 물건을 떨어뜨린다.

점점 커지는 심장 박동 소리.

암전.

12장

인화, 핸드백을 들고 맨 앞에서 등장.

인화   내가 사람을 찌르다니. 칼로 인한 상처는 미약했지만 심장이 약한 그에게는 위험한 일이었습니다. 다행히 소설가는 며칠 후 퇴원을 할 예정입니다. (고개 가로저으며) 소설가의 표정은 조각상처럼 굳어 있었습니다. 헤어지기 전에 USB를 건네주려 했는데 영 그럴 분위기가 아니었습니다. 참, 그 인간 얼굴에 던진 노란 팬티는 시장에 나가 잃어버린 것과 똑같은 것을 산 거예요. 얼굴에 던졌을 때 당황하는 표정을 봤죠. '정말 이 놈이 범인이구나'.

인화, 뒤편으로 퇴장.
상민, 바닥에 누워 잠들어 있다.

음악이 흐르고 미스 티, 등장하여 춤을 춘다. 상민, 무언가에 이끌리듯 일어나 미스 티와 함께 춤을 춘다. 춤의 모습은 마치 개 두 마리가 서로 애무하고 교미를 하는 듯하다. 어느새 미스 티와 섹스를 하는 포즈를 취하고 있다. 어느 정도 절정에 도달할 때 마네킹에 탑 조명이 비춰지면서 수간호사의 음성이 들린다.

수간호사 변상민! 변상민!

상민, 동작을 중지하고 목 없는 마네킹을 보고 겁먹는다.

수간호사 내 목을 쳐라! 내 목을! 우리가 싸워야 할 적은 바로 너다. 죽여라! 죽여!

수간호사의 목소리는 인화의 목소리로 바뀐다.

인화 내 목을 쳐라! 내 목을! 우리가 싸워야 할 적은 바로 너다. 죽여라! 죽여!

인화, 지켜보는 가운데 수간호사, 미스 티, 도그험들, 사방에서 상민에게 압박하듯 다가와 둘러싸고 "우리가 싸워야 할 적은 바로 너다. 죽여라, 죽여." 대사하며 상민을 중심으로 돈다.
그러다 순간 도그험 1, "죽에!" 외치며 총검으로 상민을 잔인하게 찌른다.
상민, 비명을 지르고 깨어난다. 꿈속 인물들, 사방으로 흩어지며 퇴장.
상민, 숨을 헐떡이며 정신이 없다.

상민 도대체 뭐지? 뭐야? 현실 맞아? 꿈꾼 거 맞아? 뒤죽박죽! 어떻게 이럴 수 있어? 이건 아냐. 내가 미스 티와 섹스를! 목 잘린 수간호사가 날 죽였어. 도그험 개새끼가 총검으로! 목 잘린 년이 어떻게 말해. 헌데 인화 씨 목소리였어. 인화 그 여자가 날 죽였어. 꿈은 꿈이야 허구. 헌데 봐. 보라구. 내가 찔렸잖아. 그 여자가 날 죽이려 했어. 변상민, 이거야말로 소설이다. 소설가가 소설 내기도 전에 독자한테 칼 맞고 죽는 이야기. 나는 소설 속 등장인물이다. 가짜다. 모든 게 가짜고 거짓이야. 그녀도, 내가 죽인 큰 개도. 그래, 그래도 이렇게 생각하는 내가 존재한다구? 데카르트 개자식! 코기토 에르고 숨? 갓 대밋(God damn it)이다! 나는 소설 속 변상민. 그 소설 속 변상민이 생각하면 그 생각은 허구잖아. 가짜. 진짜 가짜! 젠장할! 내가 뭘 한 거야? 뭘 쓴 거야? 남은 게 뭐야? 내 노트북! 변기에 빠져 있었다구. 하구 많은 것 중에 변기에! 이건 엄청난 상징이야. 불길한 죽음이야 내 죽음. 빌라녀! 나를 망쳤어. 짓밟았어. 정체를 알 수 없는 년! 독한 년! 무서운 년! 아직 안 끝났어. 이대로 끝날 수 없어. 이대로 끝나면 변상민이 아니지, 아니야.

상민, 벌떡 일어나 퇴장한다.
인화, 무대 뒤 오른편에서 등장.

인화   "축하해, 미스터 황." "바쁘긴. 이거 깨지고 남는 게 시간뿐인데." "장 선생님, 그간 잘 지내셨죠? 몇 번 안부 인사 겸 전화 드렸는데 안 받으시더라구요. 축하드립니다." 장 선생님을 위한 드레스킬 패션쇼에 참석했어요. 미스터 황과 선생님은 맨 앞줄에 앉고 저는 자리가 없어 맨 뒷줄에 앉았습니다. (의자에 앉는다) 패션쇼는 순탄하게 진행되어 갔어요. 한국의 전통적인 한복의 선과 모티브를 따다 서양 의상에 접목 시켰죠. '세상에! 이태리까지 다녀와서 이게 전부야!' 그때 정전이 일어났어요.

암전. 웅성거리는 소리.

원하던 게 이루어졌어요. 눈에 눈물이 핑 돌고 주먹 쥔 손에 힘이 들어갔어요. '미스터 황이 공들인 게 물거품이 되는구나!' 미소를 지었어요. 이 어둠 속에서 누가 내 환한 얼굴을 봤겠어요.
정전 사고를 알리는 안내 멘트가 나오고 행사장 안의 소란은 가라앉았지만 불은 빨리 들어오지 않았죠. 나는 아주 편안하게 상체를 의자 등받이에 기대어 잠시 눈을 감았어요.

두 명의 도그험 등장. 인화의 각 옆자리에 앉아 있다.
수간호사, 샤막 뒤에서 엄숙한 표정으로 서 있다.

바로 그때였어요. 뭔가 느낌이 이상해 눈을 떴죠. (조명, 밝아지자) 도, 그, 험?

인화, 라이터를 꺼내 켠다.

도그험들, 무대를 휘저으며 방화하는 모션을 취한다.

무대는 발갛게 달아오른다.

인화　바닥 카펫에 불을 붙였어요. 불이 번져가면서 유독가스가 시야를 가렸어요. 사나운 불길은 벽의 커튼으로 옮겨가고 축하 현수막이 타올랐어요. 천장에서 불길이 춤추며 넘실거렸어요. 불의 축제장이 되었어요. (사이) 하지만 도그험은 사라지고 나는 참았습니다. 대체 어떻게 준비를 한 거냐는 날카로운 목소리가 어둠을 갈랐습니다. 조명이 들어오고 다시 패션쇼는 진행되었지만 분위기는 착 가라앉았습니다. 미스터 황은 표정이 굳은 채 술 취한 사람처럼 얼굴이 붉게 달아올라 있었고, 뭔가 불안한지 자신도 모르게 오른쪽 발뒤꿈치를 계속 떨고 있었습니다. 순간 왠지 모르지만, 언젠가 한번 보았던 미스터 황의 아내와 두 아이 모습이 떠올랐습니다.

암전.

13장

암전 속에 유리창 깨지는 소리.

인화, 등장. 상민을 발견하고 놀라지만 이내 담담하다.

인화 경찰에 신고하겠어. 당장 나가. 그래, 언젠간 찾아올 거라 생각했어. (핸드백에서 USB를 꺼내어 상민 앞으로 던진다) 여깄어.

상민 (자조적으로 USB를 집어서 보며 웃는다) 정말 쓰레기로 아나 보군.

인화 됐으면 이제 나가 줘.

상민 아직 끝나지 않았어.

인화 뭐가 남았다는 거지?

상민 당신 개 써니, 내가 죽였어. (사이) 소설을 구상하면서 망원경으로 세상을 엿보곤 했어. 사실이야. 난, 관음증 환자는 아냐. 세상 사람들 사는 모습은 비슷하면서도 조금씩 다르지. 하지만 넌 많이 달랐어. 저렇게 사는 사람도 있구나, 싶었어. 널 오랫동안 지켜봤어. 마네킹과 개와 함께 셋이 사는 여자. 그런 너를 구해주고 싶었어.

인화 써니를 죽이는 게 어떻게 나를 구하는 거야?

상민 그 개가 없어져야 네가 바깥세상으로 나올 수 있을 거라고 생각했어.

인화　나를 동정해서 써니를 죽였다. 써니는 내 하나 밖에 없는 가족이야. 그런 널 용서할 수 없어.

상민　맞아, 넌 날 용서하지 말았어야 해. 날 죽였어야 했어.

인화　우발적이었어.

상민　진짜 칼로 깊이 찔렀어야지. 칼을 돌리고 휘저어 장을 갈기갈기 찢었어야지.

인화　그만해.

상민　나를 잘못 봤어.

인화　당신도 마찬가지야.

상민　내 말은, 이대로 물러날 내가 아니란 거야.

인화　이쯤해서 끝내길 원해.

상민　그럼 넌 끝내. 나는 아직 할 게 남아 있어. 인류 역사상, 소설가가 소설 내기도 전에 독자한테 칼 맞기는 처음일 거야.

인화　관심 껐어.

상민　봐야 해.

인화　이미 다 봤어.

상민　소설 말고 이제 벌어질 생생한 다큐, 진짜 현실.

인화　진짜 현실? 무슨 소리야?

상민　피할 수 없어. 운명이야.

상민, 칼을 들고 일어나 객석 앞까지 향한다.
칼을 휘둘러 가상의 대형 사진을 북북 찢는다.

인화   아악! 안 돼!

상민, 인화를 밀쳐 쓰러뜨리고 대사를 하며 계속 긋는다.

상민   저놈이 네 기억에서 지워져야 해.
인화   왜! 왜! 날 이렇게 괴롭히는 거야!
상민   왜? 진짜 몰라? 정말 몰라서 묻는 거야?
인화   개만도 못한 새끼!
상민   그래, 나는 개만도 못한 새끼고 이 똥개 새끼는 사람이
         지.
인화   널, 절대 용서할 수 없어.
상민   용서할 것도 없고 용서 받을 것도 없어.

상민, 칼을 들고 인화에게 다가간다.

상민   너를 보면 볼수록 내가 보여.
인화   (겁을 먹고 옆으로 슬슬 물러서며) 그만해, 제발. 부탁이야.

상민, 인화가 옆으로 못 가게 막아선다.

상민   사랑한다고 말할 거야. 그리고 네 입술에 키스할 거야.
인화   제발.

상민, 찌를 듯 칼을 내밀더니 다른 한 손으로 인화의 손을 잡

는다. 부들부들 떠는 인화의 손에 칼을 쥐어준다.

상민 키스하면 지난번처럼 찔러. 깊이 찔러서 끝내. 어차피
세상은 혼자 살다 가는 거야. 마약 먹은 거 같애. 세상
은 진짜 같기도 하고 가짜 같기도 해. 허나 진짜 현실이
라는 걸 고통으로 느끼고 싶어. 그러면 내가 좀 보이겠
지. 제발 깊숙이. (사이) 인화 씨, 사랑해.

상민, 더 가까이 다가가자 인화, 칼을 들어 올려 상민을 겨눈
다.
상민, 주저하지 않고 두 손을 들어 인화의 머리를 잡는다.
인화, 칼끝을 상민의 목에 댄다.
상민, 굴하지 않고 인화의 머리를 당겨 키스한다.
암전.

14장

퍼포먼스 회원들이 양쪽에서 천천히 등장하여 자리를 잡는다. 이 회원들은 소설 공상세계의 역할을 맡은 인물들이 공상 세계의 복장을 그대로 입고 나온 것이다.

인화, 무대 앞으로 나온다.

인화　저는 지금 [무허가 378]과 함께 퍼포먼스 하러 나왔어요. 행위 예술을 하는 퍼포먼스 그룹이죠. 내 마음에서 솟구치는 욕망을 드러낼 수 있는 용기만 있으면 퍼포먼스의 주인공이 된다고 하죠.

상민, 무대 앞으로 나온다.

상민　미스티를 주인공으로 다룬 판타지 소설 [도그험의 섹스 시대]는 인기를 얻어 잘 팔리고 있습니다. 강 사장의 남은 빚도 다 갚았고 대리운전도 그만두었습니다.

인화 씨에게는 인화 씨가 원했고 또 내가 원래 쓰려고 했던 수간호사 소설 원고를 등기우편으로 보냈습니다. 반송되지 않은 것으로 봐서 읽어 봤을 거라 생각하는데 어찌 됐는지 잘 모르겠습니다. 며칠 후 인화 씨 집에는 낯선 주인이 들어왔기 때문입니다.

그 소설은 내가 인화 씨만을 위해서 완성한 수간호사의 거룩한 영웅이야기, 이 세상에서 딱 하나밖에 없는 것입니다.

인화 이사 가기 전 일이 생각나요. 상민 씨한테 등기우편물이 하나 왔었죠. A4용지로 출력된 소설 원고가 담겨 있었죠. 수간호사의 거룩한 영웅 이야기.

인화의 대사에 맞춰 회원들이 이미지로 만들어진다.

인화 "지금 수간호사는 교도소의 운동장 한가운데 서 있다."
상민 "수많은 죄수 도그험들이 강제로 끌려나와 지켜보는 가운데, 굶주린 개들이 미친 듯이 달려들었으나 수간호사는 눈을 감은 채 한걸음도 물러서지 않았다. 수간호사는 개들에 의해 육신이 갈기갈기 물어 뜯겨져 비참한 최후를 맞이했다."

인화와 퍼포먼스 회원들, 수간호사를 위협하여 쓰러뜨리는 동작을 취하고 멈춘다.

인화, 회원 무리에서 빠져나온다.

인화 헌데 소설 원고 첫 면에는 이렇게 씌어있더군요.
상민 "인화 씨, 당신은 처음으로 내 소설에 주목한 첫 번째 독자이자 마지막 독자입니다."

인화　(앞으로 걸어 나오며) 왜 내가 첫 번째 독자이자 마지막 독자일 수밖에 없는지 알겠어요.

상민　인화 씨에게 보내는 소설 제목을 바꾸었습니다. 〈개를 낳은 여인〉에서 〈오늘 나는 개를 낳았다〉로 말이죠.

인화　왜 상민 씨는 이 제목을 썼을까요? 〈오늘 나는 개를 낳았다.〉

퍼포먼스 회원들, 상민, 인화의 순서로 암전.

끝.

한국 희곡 명작선 02

오늘 나는 개를 낳았다

초판 1쇄 인쇄일   2019년 1월 16일
초판 1쇄 발행일   2019년 1월 25일

지 은 이   홍창수
만 든 이   이정옥
만 든 곳   평민사
　　　　　서울시 은평구 수색로 340 [202호]
　　　　　전화: (02) 375-8571(代)
　　　　　팩스: (02) 375-8573
　　　　　http://blog.naver.com/pyung1976
　　　　　이메일 pyung1976@naver.com
등록번호   제251-2015-000102호
 정 가   6,000원

※ 이 책은 사단법인 한국극작가협회가 한국문화예술위
   2019년 제2회 극작엑스포 지원금을 받아 출간하였습니다.